狂想

北京文艺网国际华文诗歌奖获奖诗选(第二届)

古冈 编

华东师范大学出版社

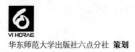

华东师范大学出版社六点分社 **策划**

目　录

诗歌奖二等奖：孙谦
苏菲绝唱（上卷选篇）/ 3

诗歌奖三等奖：乌鸟鸟
蜻蜓号飞行器狂想 / 27
盒装人造氧气狂想 / 30
纳粹兔子狂想 / 32
二零零九年九月二十四日夜，我们的肉浸在海南的
　　水里狂想 / 35
在悲剧性的虚构韩剧中不能自拔的妻子狂想 / 36

诗歌奖获奖入围诗人
杜绿绿
住在街尾的黑发女人 / 41
两个盲人 / 42
转生 / 43
另一个梦露的奇遇记 / 44

高世现
请放走我们这对狗男女 / 46
无题或老板娘此刻你就从了我吧 / 48
写在地铁上的诗 / 51

贾志礼
轻浮史 / 53
无头案之破庙记 / 55
无头案之坐楼杀春 / 56

溧阳囚肉
非礼经济学 / 57
无题？/ 59
诗学，或消灭人类这个圆心 / 61

魔头贝贝
棘手经 / 62
黄粱经 / 63
忆枞阳·赠石湾老哥 / 64
日损经 / 65
弹指经 / 66

潘新安
砸冰的人 / 67
我是一个不合时宜的人 / 68
过午 / 69
嫌疑犯 / 70

随处春山
变形记（选）/ 72

孙慧峰
盗梦空间（选）/ 78

殷晓媛
古典主义书法论系列(选) / 84

阎 逸
时间抽屉 / 91
折叠或打开 / 92
纸耳朵 / 93
仿佛快感那么快 / 94

张成德
囍史(节选) / 96

张灿枫
一个女人的南伽巴瓦(选) / 101

蟋 蟀
骑上河水(选) / 113

西衔口
河流(选) / 124

阿 含
上示(节选) / 129

雅 克
异己者雅克(节选) / 140

诗歌奖二等奖*

获奖者 孙 谦

---

* 一等奖另行出书,书名为《游仙诗·自然史》。

苏菲绝唱（上卷选篇）
——西御街十四行

他*说过他来过……

他说过他来过，他存在
他说，你念诵
他便在你唇齿
你聆听，他便在你耳朵

你触摸，他便在你手指
你行走，他便在你双脚
你以额着地
他便在你额头

他说，爱从未废止
你笑，你皱眉，你流泪
便是他笑，他皱眉，他流泪

如若你持续迟疑
不再醒来
他又说，生命——那是你自己

---

* 诗中人称的"他"，通常可以作为对造物主的界说。

他在场或缺席……

他在场或缺席,对你而言
并不敏感,你只管诵读他的语言
一遍遍地读,一章章地读
好像他就是你发出的语音、音阶

过去有人用方言读,对你
阿拉伯语也是同样陌生
你沉醉于这种音调的顿挫流转
它既是倾诉,又是聆听

它还是呼唤,即对他又对你的
呼唤,伸过的空间空空荡荡
他在哪儿?你在他的哪儿?

你从未曾奢望过应答,那念诵
永是一个心灵接待室
你在那里收获,星月明灭的回声

他已容忍时光……

他已容忍时光,让河流
年复一年地围绕你身边流淌
你若干渴,他让你啜饮
你若燥热,他让你沐浴清凉

他在所在的流变中转变,处变不惊
他为两世天性者赋予凝望
嫌狭者为求宽阔
即便逾越,他忍受那逾越

如若玫瑰尚贪恋时辰,超时开放
他持续那芳菲。他接纳闪耀
若你眼神中的星光尚未熄灭

启示流逝,又追踪流逝
他在此间,而永在彼处
那空间,那气息,不舍昼夜

他总能找到你……

他总能找到你,把你认得真切
他为你始终醒着,犹如
花香为了嗅觉醒着,犹如
音乐为了听觉醒着

他的本质会使你疲倦
而他自己从不倦怠,如若河流
在黑暗中转向了,他又在
银河的倒影里分辨出那个河湾,如若

最热烈的恋侣也失之交臂
他却能从双方各自的目光里
看到自己眼底的忧伤

他是微风,随时准备为你翻开
手中的书卷,从形状到声音
他收容,他怜悯、他提升

如果你是鲁米的夏姆斯①

如果你是鲁米的夏姆斯
他就是夏姆斯的鲁米
如果你是来到世界中间的孤独
他就让孤独和孤独相遇

如果你是尘世的蜡烛
他就是生命的火种
他让蜡烛因火焰而舞蹈
让火焰因燃烧而发出旋律

如果舞蹈与音乐在一处旋转②
如果宇宙之风也加入旋转
他就让风,吹过两个世界的边缘

---

① 鲁米(1207~1273年)出生于波斯呼罗珊境内的巴尔赫,一生主要以波斯语写作,也有少量以阿拉伯语、希腊语写出的作品。他父亲是一位有学识的神学家。为了躲避当时蒙古帝国的入侵,他们全家最终在土耳其安纳托利亚的孔雅定居。鲁米自幼受父亲的教育和熏陶,在伊斯兰教神学、哲学和文学等方面皆有深厚的造诣。
1244年与神秘主义修行者夏姆斯的相遇,使鲁米发生了巨大的转变。用鲁米自己的话来说:"我从人类身上看到了从前认为只有在真主身上才有的东西。"由此他成为一位神秘主义诗人。他的抒情诗集命名为《夏姆斯·大不里士诗歌集》。诗中运用隐喻、暗示和象征等艺术手法,通过对"心上人"、"朋友"的思念、爱恋和追求,表达修道者对真主的虔诚和信仰,阐发了"人神合一"的苏菲之道。
② 鲁米的莫拉维苏菲社团,在修行时以一种旋转舞的方式进入眩晕的状态,来达到与真主合一的目的。这种方式在西亚和小亚细亚的一些苏菲社团中仍然盛行。

他让风和风之间生成云
在聚散的云中,他只是他自己
而那湖中,前定的云影永不重现

致艾卜·亚齐德·比斯塔米[①]

你说过了没有我
那个所在的我
需要他召唤
像月亮召唤光影

你说过了没有我
那个流逝的我
需要他牵拽
像地球磁力牵拽坠落之物

你说过了没有我
只有他说出的
那个游离的我

那个他爱的
让你也陷入爱的我
在爱中回归于他

[①] 艾卜·亚齐德·比斯塔米(874年殁)为波斯人,据说是无我主义的首创者。苏菲修行者力求通过爱和沉思冥想,即通过消除个人意识来服从安拉,使自己融于安拉,从而达到"无我"。

致拉比尔·阿德维雅①

你追逐他
以人的条件
你以美
以芬芳而勇敢的爱

你的美和爱
无从比较
它在镜中无影
风中无迹

而他在一切迹象之中
保持缄默
保持所有的奥秘

他是你的唯一
在你的混沌之前
在你的澄明之前

---

① 拉比尔·阿德维雅(801年殁)是苏菲派早期历史上起过重要作用的第一位女性苦修者。她曾宣称:她崇拜安拉,不是因为惧怕他,也不是因为贪图天园,而只是因为喜爱安拉,向往安拉。神秘主义爱的信条在她的言行中得到发展。

致阿朱那伊德①

否定的自我，也许
会从肯定的自我中显现出来
这就是那颗光钻
由枯骨映出的容颜，是婴孩

蝴蝶必从僵硬的茧中
脱颖而出，那改变一切的光
将扶持一切飞翔和上升
并将那翅膀上的花纹映亮

你显示的和解，是一个意外的
礼物，它瞻望天园的眼神是全体
而不仅仅是片段、碎片

向上的路和向下的路
时间的历程，亘古不变
灵魂之翅，一再借镜太阳石

---

① 阿朱那伊德(910年殁)，偏好比较节制的宗教精神，他意识到比斯塔米的无我所带来的危险，他倡导在自我"寂灭"的状态之后，必须紧接着"复苏"，亦即回归到提升后的自我。他为后来的伊斯兰神秘主义勾画出基本体系。

致苏拉瓦迪①(之一)

他说"唤醒你自己"
让你心的冰块在光中苏醒
让它在被光的温暖化解时
将你的惊恐转变为爱的宁静

欲望和高烧的火
在不可测量之处被测量的灵感
地域和天堂都在你自身
都须要被这一道光所击穿

诸如鲜花、美景和心旷神怡的感觉
诸如风和尘埃,阴影和委身泥土的骨血
诸如那消失的和到来的未知

这尘世的虚无烙印
因为光,与宇宙的迹象一一对应
于此光中屹立,你的承接和赞诗

---

① 苏拉瓦迪常被称为长老以希拉克。以希拉克意指从东方发出的第一道曙光,同时也是朝向明觉发出的第一道智光,他认为东方并非地理的位置,而是光和能量的来源。他以光来经验神的信仰中,宣称人类对自己来源的记忆已模糊不清,对这个阴暗的世界感到不安,渴望回到最初的家园,而从安拉而来的光,是回归的介体,也是其存在本体。

致苏拉瓦迪(之二)

你让我在光中出现
因为硕大的晨阳在一滴露水中颤动
而一粒星辉去到黝黑的枯井里摸索
你又无从击溃真实的黝黯

而你让我的光,来到气血中间
以一支烛火去到风雨中历险
以一颗泪珠去到高悬的圆月中探问
那一点萤光闪耀,也已被你许愿

你让我在光中出现
俯下身来,聆赏玫瑰黄昏的色彩
可最后的一缕光,消失在了我最后合上的眼睑

可我已经到来,在光中
比孤独更孤独的光,古老、完整而永新
放逐与接纳,消弭与涵养,光已具现

致哈拉智①

真理来自大地和天际的融和
那也是爱,它被你像棉毛一般梳理
直到那棉毛开口说话
直到那棉毛和云絮中的天使相遇

就在那个温软的聚会中
空白纸页上降临了歌诗的语句
然而,在思想透析的影子世界
群星纵深间也会渗出血迹

棉毛的体内必然有一个主骨
它或者来自棉麻枝干
或者出自牛羊躯体

无论你有多少个暗示和喻指
自体永远扎根于母体
而乘风的唇舌必历险境

---

① 苏菲主义代表人物,早年当过梳毛工人,故名"哈拉智"。著有哲学文集《塔辛之书》和《诗集》。哈拉智曾在出神时说"我就是真理",充分表明了他的泛神论思想。922年3月由阿拔斯王朝判决,处以磔刑。后被苏菲派尊为"殉道者",其巴格达的陵墓被尊为"圣墓"。

致伊本·阿拉比①(之二)

你阐释欲望
时常令语词陷入高烧
语词总是自己喊叫出声
因为挚爱

当你在镜中看到他的眼神
当一个眼神中的眼神
被另一个眼神主宰
因为挚爱

总是悲欣交感的穿越
念珠触碰到了灵知
玫瑰香触碰到了直觉

当默示的激情展现时
你的额头正埋入尘埃
因为挚爱

---

① 伊本·阿拉比(1165～1240年),著名的伊斯兰神秘主义哲学家,苏菲主义大师,著有《麦加启示》和《智慧晶棱》等书,特别是后者对于伊斯兰神秘主义思想的重要性再怎么强调也不为过。他在伊斯兰思想史上的重要意义在于将苏菲神秘主义学说系统化和理论化。

致欧玛尔·哈亚姆

唉,落日和花瓣
陪我一块儿落泪①
你在这坟墓里躺着
早已知晓

你写了那么多柔巴依
都和酒融在了一起
同时,还有爱情
还有望向天园的醉眼

我捡起了两枚花瓣
上面沾着,两世的土
夜莺唱出了此刻的寒意

走了,我也要走了
时间也不必跟随我了
我的笔要到水星去蘸墨

---

① 据欧玛尔·哈亚姆的一位朋友尼达米回忆说,在一次饮宴中哈亚姆说:"我坟墓所在的地方,那里树上的花,将每年两次落到我上面。"在哈亚姆死去之后,大约公元1136年时,尼达米去到哈亚姆的坟地凭吊。那是春日的一个黄昏,只见坟头上有一株梨树,还有一株桃树,当时无数纷落的花瓣几乎覆盖坟墓。尼达米想起哈亚姆的话,掩面而泣。哈亚姆以他的《柔巴依》闻名于世。

致哈菲兹

你的醉眼同时浸入
亚麻色月光①
和亚麻色诗篇
还有,凌乱不堪的秋风

可你的衣衫已经破旧
况且,酒气熏人②
如果你醒着,在墓土里
在此刻,眼睛仍旧望着天穹

如果,天缘垂首
红玫瑰为你再次盛放
光因你而持续耀亮

天园的窗帘也是亚麻色的
我会裁下来一段
给你做件长衫

---

① 哈菲兹(1320~1389年)波斯诗人。名字的含义为熟背古兰经的人。20岁时在抒情诗和劝诫诗方面崭露头角。巴格达宫廷曾邀请他进宫赋诗,遭到拒绝。1387年,征伐波斯的帖木耳占领设拉子时,他已沦为托钵僧,两年后去世,安葬在设拉子郊外的莫萨拉附近。哈菲兹曾在诗篇写到:用五百丈亚麻月光,换得了一个商人的全部家当。
② 伊斯兰是严格禁酒的宗教,诗中所说的酒,是苏菲修行者在修行时陶醉的状态,也是一种修辞中的意象和象征。

致萨迪①

哦,我就是那个乞丐②
为饥渴而求得那唯一的餐饮
我也是那个盲人
用蒙翳的双目把唯一的良医找寻

我还是那个唯一的吝啬鬼
我的小气,让乞丐和盲人相逢
让盲人用他的饮食款待了乞丐
让乞丐的祈求,使盲人复明

我不想把这个故事告诉全城
因为我的眼泪不会变成粒粒珍珠
而被真主冷落,也是祈求的一个收成

对这一切心照不宣,是我唯一的报偿
我也同样感激于你
就像圆熟的果实,同时感激风霜和阳光

---

① 萨迪(约 1205~1292 年)波斯十三世纪著名诗人、作家。出生在贫苦的传教士家庭。童年生活十分艰难,成年后又长期过着流浪生活。他把这些丰富的生活体验都写入故事诗集《果园》和《蔷薇园》中。
② 萨迪有一首诗说:一个饥饿不堪的乞丐哭倒在一个富家门前,并没有得到救济,倒是一个盲人将这个乞丐领到家里招待了一番,后来,在这个乞丐真切的祈求下,盲人双目复明了,然后这个奇迹传遍全城,令那个吝啬鬼后悔不已。

如你所见……

如你所见,在一个界限上
这千年巨楠生于我心
它俯瞰绵绵香客
在它的影子里,拾阶而上

薄光从叶丛间渗漏
让那袅袅烟缕去释解
信者的弥望。当它闪耀
并接进每一天的边界和你的脊髓

它也会发出声音,为谛听者
而吹送,当风为这土地的
痛苦和高旷而吹息

分享此间的高耸,并徘徊
无视自我,也无视光阴的摇摆
与它的消逝之音合一

你也需要鸣响……

你也需要鸣响,如松间之风
恰如他以歌诗推举那高旷
在天空的黑色布景中
星子的声音,是一种恒远的冥想

如果确有什么神秘的事物存在
因为你曾童心无忌
你曾仰望,在全身心品尝天园的滋味时
你会不假思索地说出一行诗句

你一直注视那松树,直到枝桠间
满覆白雪,直到风声止息
直到寒冷将你塑造成一个男人

难道你没听到一种贵重的音调攀上树梢
一种清澈、婉转的韵律
一种在汉语边界穿梭的,异族的念诵

主啊，光阴已远

主啊，光阴已远
黑暗在加重，而星座已远
迷失在都城中的乡愁和
断线的纸鹞已远

在这座城市里，你曾多次遭遇大风
大风还能翻越几重山
吹白几多昆仑的头呀
那被尘沙阻断的眺望，还是不是眺望

而眺望中的天堂已远
尘世与天堂的联姻皆起于神意
而肉体驱离了灵魂，神迹已远

干渴者又说，骨头里的水源都消失了
暮色里，盛水的容器离清泉已远
主啊，被爱者与怜爱者已远

必将在一滴水中回到……

必将在一滴水中回到
大海,必将以一朵浪花激荡
那岩壁,必将带着前定的
沙与盐,石与骨,返归血脉的

回流。必将大笑、痛哭和咆哮
必将在低泣、哀鸣、咏颂过后,接回
无边的缄默和荣光。你的荣光
被库尔希①言中,寄寓宝座,掂量着笔,攀缘光梯

而大海之舌下伸的根
没有经历的束缚,当语词携着云气
漫步向上,与着火的雷电、与群星相遇

它必将测量,那不可测量的
可大海最终从天空垂了下来,必将
在你的嗓音中充满一呼一吸②

---

① 库尔希是在伊斯兰意识中具有举足轻重的意象,它被称为宝座,同时也有道、灵魂、法版和笔等称谓。
② 在苏菲的修为中,清真言的反复诵读是在气息的调节中进行的。

你眯缝着眼睛微笑地望着我①

你眯缝着眼睛微笑地望着我
望得我心疼。爱
无论怎样盛大,它的一脉余光
只在无邪的天真中静候

你眼睛里只有那一点点光,若果
它系于唯一的恩典
我便可在那眼光里行船
漂流在去耶路撒冷的旅程
就像孩提时,我向街边雨水汇集的小渠
放走一只纸船,任它渡向未知

哦,我的语言僵硬,还未能学会爱
尽管你抿着嘴唇,咿呀
也没有一声。可你眼睛中早有备好的
词句,我当去那里汲取

---

① 这首诗出自我孙儿5个月大时候的一张照片,这个男孩生于伊朗我从未见过,只是每日在电脑桌面上和他的眼睛对话。

诗歌奖三等奖

获奖者　乌鸟鸟

蜻蜓号飞行器狂想

蜻蜓号终于造出来了。激动的姨父
搂抱住哺乳期的中年母猪,无所顾忌地抽泣
母猪尴尬地盯着姨妈,不知所措
狼藉的庭院里,蜻蜓号静静地展着铁翅
就像一头基因变异的特大号怪胎
头肿尾瘦,表皮凹凹凸凸,丑陋无比
有人捧腹哄笑,结果笑掉了腹中的野种
丢脸的父母,手执破鞋,将她捆得鼻青脸肿
为此怪胎,十五年来,姨父野心勃勃
就像打了鸡血的精神病号,异常的精神
昼夜插着魔声耳机,两耳灌满了
新奥尔良籍的爵士乐,以抵挡
姨妈的哭诉和牢骚,以及邻居们的热嘲冷讽
夜以继日,废寝忘食地沉迷于
一堆报废的铁和飞机零件的拼凑与焊接中
因沉迷过度,他现已不知,属何年
不知母,已丧多年;不知女,成年久矣
她穿着牛仔裙,坐在秋千上看幼稚的情书
夏季的傍晚,散发着恶心的油漆味
仿佛有人提着油漆,将傍晚粉刷了数遍
姨父戴上了红色的摩托车头盔
皮肉战栗地爬进了废铁蜻蜓的肚子里
紧接着,发动机和螺旋桨轰鸣起来了
蜻蜓号战战兢兢地滑向了溃烂的黄泥公路
机身上,暗红色的劣质油漆像变质的人血
湿腻腻的,一路滴落。有人掩嘴哄笑

结果笑掉了舌头和高仿的人造瓷牙
肉荡荡的姨妈,扬裙奔跑在尾气的后面
尾气熏黑了,她涂脂抹粉的脸
她担心此行逢凶,丈夫从此赖在了天上
她高举着长长长长长的手
企图将嘶吼的蜻蜓号,拉停下来
可她的日韩风大波浪卷发忽然掉了
她只好放开废铁蜻蜓,回头去追捡她的卷发
公路两旁,甘蔗孕育着国家的甜
肉荡荡的姨妈,浑身戴满了冒牌的国产货
她一路奔跑,一路掉着棕色的人造革短筒皮靴
订制的五十码乳罩,高仿的镀金项链……
她跑跑停停,被越甩越远。最后
她只好喘着粗气,提着人造卷发和冒牌货
像提着一颗人头,漫步在黄尘滚滚的公路上
有人皮笑肉不笑,结果笑掉了脸皮和笑
从此无脸见人,从此哭兮兮地苟活
而蜻蜓号所过之处,草木尽毁
一头站在路边看风景的巴西籍混血水牛
被机翼割得内脏外流。一辆趴在路边休息的
东风牌拖拉机,被撞得粉身碎骨
重度驼背的拖拉机手,追捡着逃跑的车轮
瓢虫、蝴蝶、麻雀、蚱蜢、苍蝇和塑料袋
粘满机身。它们拍打着无用的翅膀,垂死挣扎
机头处,粘着一件黑乳罩,像蜻蜓的复眼
乱七八糟之物,将蜻蜓号粘成了一堆垃圾
我们高仰着长短不一的脖子,目送着
一堆会飞的垃圾,搞笑地飞到了天上
我们以为,此次姨父肯定会飞到月亮上
找嫦娥喝花酒去了。可我们还未缓过神来

蜻蜓号却像一只惊弓之鸟,从天上倒栽下来了
倒栽在一盆荷塘里。附近的草坡上
躺着袒胸露脐的上帝。他弹揉着奶牛的乳房
闭目佯装瞌睡。黑色的淤泥,溅在了他的肚皮上
有人笑掉了高仿眼球,有人笑断了硅胶假腿
无数潜水的淡水鱼,吓掉了满身的鳞片
姨妈吓得像条超重的海豚,将肉体跃入了塘中
劈荷破水地跃游向倒栽于塘中央的蜻蜓号
捏着姨父的脖子,将他从狭窄的机舱里提出
脑袋倒栽地扛于肩,淋着最美的夕阳回家
半路上,她们迎面遇上了枯瘦的父亲
脑袋倒栽的姨父,看见自己的父亲
像条倒粘于地面的纸人,扛着挣扎的麻袋
刚从蔗地里出来,裤管上粘满了泥巴
甘蔗孕育着国家的甜。夏季滋生着盗贼
草丛中,他秘密安装的超声波捕人器
捕住了一条盗窃甜的江南大盗
他要将江南大盗扛到洗脑局去,将他
清洗成一条好人。擦肩而过时
他恶作剧地捶了捶,姨父少肉的屁股
痛得姨父用非洲语,破口痛骂

2013年6月26日初稿
2013年7月3日修订

盒装人造氧气狂想

周四的早晨,地球有点缺氧
贫血的天空,缺雨,枯云八九朵
缺心眼的爸爸,骑着公猪
奔赴私人农场,给杂交棉花
和人造向日葵,人工造雨
缺钙的爷爷,骨头疏松
口袋里装满人造钙片
骑着蠢驴,踱向蓓蕾幼儿园
学习英文,为上天堂做好准备
缺德的妈妈,骑斑马
穿着斑纹服,与三五妇人
去超市购物。超市在大减价
我和弟弟,缺爱严重
骑着仙鹤去云游,平日里
躲于家中,跟鹦鹉学舌
缺神经的哥哥,常常仰着
巨大的脑袋,对云朵和飞机
微笑,腥臭的唾液,滴湿胸襟
缺吃的麻雀,在傍晚
丢失孩子,四只,扯着哭腔
在人造的树林里寻找
我们从树下经过,回到家中
七条人坐在狗皮沙发上
十三条腿像篱笆那样交叉着
观看庸俗的连续剧,吃妈妈
买回来的散装人造面条

和盒装的人造氧气
过着羡慕死神的美好生活
忽然,挺着两只人造暴乳的
天气预报女主播,娇滴滴曰
明天,圆柱形的龙卷风
将光临雨村,花心郎
切勿出门采野花,晚安
我们赶紧关掉肉麻的电视机
连夜牵绳,缠牢房子
请畜牲们,躲入防震地窖
将肉体,捆绑于床
将灵魂,紧锁于保险箱
紧抱着《道德经》
数着上帝的毛,安然昏睡
窗外,蝙蝠们倒吊着收听风声
树,抱紧果实,听天由命

纳粹兔子狂想

她的嘴戴着黄金的嘴环,鲜红欲滴
(从五官到生殖器官,从手指到脚趾
她的肉体,镶满了金属的环,昼夜叮当作响)
她吞掉了转基因的香蕉肉,将香蕉的皮
(全世界都在转基因,转得我们
脑袋发昏,头昏脑涨的,在转与非转之间
诚惶诚恐地挑选着食物。据美国情报局
走漏的风声透露,一个什么人类学的神秘组织
不知发什么神经,已开始研究转基因人了)
从十五楼的阳台,优雅地扔下去
在楼下的草地上坐满了吃饱了饭的人的时候
(坠落的香蕉皮,砸着了灌木丛中
偷情的脑袋。雌的吓得花容失色,脂粉
落满一地。雄的慌乱中,钻进了排污管道)
她是我第 79 任女友。一朵重口味的奇葩
微尖的下巴,侧面貌似安吉丽娜·朱莉
正面其实很萝莉。她的房子就像一间宠物店
奢华的高仿欧式玫瑰雕花特大号木床上
总是布满了宠物们的体味和毛
重口味的恐怖片是她的春药。翻云覆雨时
必须播放着。这是她多年养成的癖好
(在没有重口味的恐怖片的房间里云雨
她狗趴于床,捧着 iPad 刷着微博,嚼着石榴
仿佛她的情欲早已损坏。她的肉体
麻木如日本籍的充气玩偶。任凭我像只
打洞的猴子,在她的子宫外,气喘吁吁地干

干得我的肉体,最后休克于她的石榴裙下)
中国的窗外,人造的风景和建筑物淋着暴雨
我们的肉体翻来覆去地翻云覆雨
翻得穿着中国肚兜的非洲坦桑尼亚袖珍象
(据说此象乃她的邻居鲁先生所养
他的初恋发生在75岁那年。在早晨的广场
与一条69岁的老妓女,打太极拳时
打出了爱的火花。两条骨质疏松的干柴
激情地燃烧了数月,终因性格不合不欢而散
分手后,鲁先生从57楼跳了下去……
她便收留了此象,以及一头珍贵的东北幼虎
可她的第83任男友,偷偷将幼虎清蒸了
那条虎鞭,一直泡浸在60℃的散装米酒里)
翻着白眼,盯着天板上织网的黑寡妇蛛
睡意全无。它忍了两个钟头,终于忍无可忍
怒发冲冠地将我们呻吟不止的肉体和呻吟
踢飞到了对面一张高仿的人造革沙发上
我们只好不好意思的裸倚在沙发上
将恶心的《德州电锯杀人狂前传》观看
胆小的我,将头埋在她的肚皮上
奢华的高仿欧式玫瑰雕花特大号木床上
从左往右依次躺着套着肉袜的缅甸黄金蟒
(据说此蟒乃她第74任男友所送
分手后,此货去了泰国,做了三次变性手术
变得人不像人,妖不如妖。众叛亲离后
泰国北部边境常现其影,从事走私榴莲和人妖)
两只戴着水晶项链的苏格兰哈巴狗
(据说此狗乃她第105任男友所送
作为一条通过了ISO90001认证的标准男妓
此货16岁便卖身于高档夜总会,今已荣升头牌

像件性爱用品,专供皮皱肉粗的富婆们享用)
以及四条无法长大的杂交克隆宠物婴儿
(据说此婴乃她第 133 任男友所送
此货神出鬼没,于阿富汗经营着克隆宠婴基地
数万条被洗了脑的少女,无私地献出伟大的私处
生殖机器般,机械地为其分娩着良种的宠婴
全球重金通缉其多年,可依然连根毛也没缉到)
它们相处如宾地发着各自的美梦
失眠的非洲坦桑尼亚袖珍象,去了趟卫生间
出来后,在房间里踱来踱去,心事重重
它躺卧过的地方,残留着它的毛
波希米亚风格的丝绒枕头和被单,软弱地瘫在床上
深夜的地球,亮满了人造的灯光
我们关掉了水晶吊灯和血腥的智能液晶电视
向蜡烛借了颗蜡光。从冰箱里
捧出了水果沙拉、血红的牛排和三文鱼
以纪念我们相爱第 1000 天。为博红颜一笑
我施展魔术,从内裤里掏出了一对纳粹兔子
(为此蜡光晚餐,我不惜以身相许于
她的咸湿闺蜜,才得以知晓她的属相为兔
然后我不惜重金,从德国籍的走私分子手中
邮购了这对纳粹血统的杂种兔子)
她捧着那只雄性的纳粹兔子
伸出纹着狰狞的蝎子图案的舌头哄它玩耍
她的舌头是我见过的最美的一条了
(她曾到韩国去,给舌头做了激光整容)
可爱的兔子,却突然亮出了獠牙
恶狠狠地朝它,咬了下去

二零零九年九月二十四日夜,我们的肉浸在海南的水里狂想
——致肖水兼江非

飞机犹如怀孕的多春鱼,将我们分娩于海南
那条来接领我们的人,产地山东,淳厚牌的微笑满面

椰树的绿乳房如此丰满兮,海南的甜酿造着
海南牌的海风,将我们骨肉里的硬,吹得酥软如硅胶

海边的人造温泉池,多么像一只只特大号的汤盆呵
我们的肉浸在海南的水里。我们就像肉汤里的参

如果将这些消毒过的加工海水,加热至100℃
那么我们的人肉就会肉香四溢,引无数鲨鱼竞流口水

海南的海吐着辽阔的舌头,练习着如何吞下一个省
咸腻腻的夜,海南的海暗藏着勃勃的庞大野心

海南的夜空仿佛冬季的果园,星星早已采摘干净
采摘星星的人抱着天空瞌睡,我们抱着海南

在悲剧性的虚构韩剧中不能自拔的妻子狂想

多年来,我的妻子
沉迷于韩国籍的虚构悲剧中
不能自拔。她没日没夜的
嗑着散装的瓜子
盯着智能电视机,泪流满面
多年来,我从她的脚边
清走的纸巾和瓜子壳,已达数吨
她的玻璃鱼缸,长满了青苔
泡着五具金鱼的骨架
多年来,她瘫坐在一张红木沙发里
她的泪水,已将坚硬的沙发泡得松软
她的肉体,已有四分之三
凹陷进沙发里了
她已和沙发同体了。沙发里
正流动着她的血
多年来,她昼夜泪流满面
她的眼球,终于从眼眶里流出来了
她用泪水洗洗,又将它装了回去
为了防止它再次掉出来
她用邦迪牌创可贴,粘住了半个眼眶
继续嗑着瓜子,神经病似的
泪流满面的,将韩剧一部一部的,观看
有一天,她突然问坐在旁边的女儿
"小姐!请问你,怎么称呼?"
女儿答曰:妈!你没吃错药吧,我是你女儿呀
女儿亦正泪流满面的,嗑着瓜子

她还以为我们的女儿,还在幼儿园里
像只天真的鹦鹉,学舌般
歪晃着脑袋,合唱着干净的儿歌呢
她不知道,我们的女儿,已婚又离婚多年了
她指着女儿旁边的儿童问:她呢
女儿答曰:妈!她是你的外孙女
我们的外孙女已四岁了
亦正嗑着瓜子,在韩国籍的悲剧中
不能自拔地流着幼稚的泪
那台我从跳蚤市场的小偷手中
廉价转手回来的
二手LG牌智能彩色电视机
62寸的液晶屏上
总是布满了韩国籍的泪水
那个前年才加装的特制的雨刮器
正忙碌的,刮着

诗歌奖获奖入围诗人

杜绿绿

住在街尾的黑发女人

我们认识的那个女人完蛋了。在许多天前。
有人记录下她的一生,"那是个未完全展开的故事"。

哦,女人断裂的灰头发
编成了花篮,插花架,盒子,还有一些
不知什么用途的东西。
正方形,长方形,圆形,
变化不断的有弹力的容器?她藏在里面观察整个镇子。
这样可不好,
我们踩着她门前的烂泥朝屋里张望。

"她有一颗顽固的心",住进坟墓也瞪大眼睛,
死透了还发出沉闷的叫声。她从没有痛快地喊过。
谁来告诉我们,这是为什么?

假如这个女人会在明天醒来,又有了一头黑发
她仔细拍打完床上的灰,像有着粗腰的农妇那样喊道
"起来吧,混蛋"。

她一定会的。

两个盲人

翻过一座山，
两个盲人在荆棘林里约会，他们以为
脚下是早春的花儿，桃花梨花，
烂漫如傻子的笑。

这两个人不傻，他们只是坏了眼睛
心肠好好的，
是体面的聪明人，一个是"备受尊敬的瞎子"
另一个是"讨人喜欢的瞎子"。

他们瞒着村里的众人，逃出来了。
他拉着她，
龙卷风也分不开这两只
纠缠在一起的胳膊。

放下肩膀，放下耳朵
他们踏着满地的荆棘向林子深处走去，
像是踩在花儿上。
放下触觉，放下痛觉
他们从摸到的琐碎向下、向上寻找对方。

远处与近处，
不能分辨的雾气里，他摸到她，她摸到他。

转生

他出现在人群里,拨开那些
或圆或扁的脑袋
露出一张尖脸,逝去的
河水在这张脸上流淌,
从下巴处
滴出水,大小不一的水珠里
裹着许多人。他的熟人,朋友,敌人。

那都是上辈子的事了。他汪着一摊泪
正想着痛哭一场,眼眶不见了。
鼻子也在消失,
他成了无脸人。片刻功夫,什么都没有了。

而这里是风沙之中,他趴下
将脸藏进沙地。"我再不要看见他们的表情"。
他自暴自弃的晒干正在萎缩的背,
像一张剥掉的皮覆盖在地上。
任路人去踩,
去蹦跳。他不在乎。

他要的是下一刻。
穿过这片沙地,这个即将毁灭的出发地
更重要的是离开这群腐烂的脑袋。

他打定了主意,
仔细梳理自个儿的脑袋,残缺的
离开了众人。

另一个梦露的奇遇记

跳上汽车那一刻,她意识到此刻
又是在梦中。但是迟了,
她不能从汽车上跳下来,汽车快得像幻觉
玻璃窗上的人
苍白如纸。她不能否认这个人正在背离自己。

她抚摸"她",她知道
这个女人从来都不是谁,不是那个
梦境之外的人。
"她"的隐秘与私处"她"拔掉的骨头
"她"痛,"她"会生孩子
这些都发生了。她从梦境里第一次醒来时
就曾预料过"她"的人生。

她想,她是这个女人的先知,是"她"的将来,
是有可能存在的任何人。她唯一不可能
是"她"。

她不知道会被带到哪里去,在公路上她不再
坚信自己不属于
这个女人,往日的梦正与今日的梦重叠
她想起她曾看到"她"安静的坐在
一辆老式吉普里,心不在焉的看着小臂
被碎掉的车窗玻璃划伤,
血滴在衣服上,"她"试图威胁司机停车。

她想到这里便用脑袋撞碎了车窗,她拿起
一块玻璃
没有弄伤小臂大臂,肢体的所有部分
都是洁白的。她庆幸
流血的地方在头上。不一样!
这很好。

她兴奋的倾身倒向驾驶座,和司机成为朋友
是个好主意。然而没有别人,没有陌生人
是"她",梦露小姐,"她"是司机。

她们终于成为了一个人,她们再也
不试图从梦境里醒来。

高世现

请放走我们这对狗男女

请放走我们这对狗男女
请放走狗男女
走,狗男女,跟我们一起
走狗般去霸上下五千年光阴的道
走,狗,走狗!
我不是汉奸,汉字的奸商——
却出售着我出卖的灵魂

男女披着狗男女的奇装
野种是小野种道德上的叫春
这些都是我不曾见过的
我们这,——对狗男女不负责的时代

狗是这样背上狗男女的罪名?
有一些时间在强烈地反对猴年马月
——向狗日偷情

请放走狗,苟且偷生的永恒
请让它无家可归

请放走狗男,女权的意象
就让它心怀鬼胎,不,神胎
请放走我,门——都没有
狗还守什么不男不女的

假正经和伪公知

请放走狗,男宠物,女宠物
被牵走的历史
诗在前,吠声在后

2013 年 11 月 14 日

无题或老板娘此刻你就从了我吧

此刻,我必须
把老板娘反扣在酒桌上,
我要无理取闹到荒唐的年代——
我要历史为我的性子让路,我要强迫小姐们
集体挂在北宋的鹧鸪天之上
仄平平,平仄仄,我是在说,如何去点
绛唇。平平,平仄仄平平。我是在摔杯摔瓶摔罐
为碎片的中国击打乐,我也烂命一条
此刻是该在你的地盘做一桩蠢事了
九张机票也追不回雁子回时的西江月
老板娘的旗袍一剪
梅臀柳腰,也唤不醒我对词牌名的记忆
我完好的醉花阴醉落魄醉蓬莱醉思仙醉太平
酒令如梦令,知否?知否?应是环肥燕瘦
老板娘——门外马嘶人起。渭城三叠
也唱不完你的风流韵事,中平中仄仄平平,中仄平平,中仄平平
此刻你就服了我吧。

你必须交出你的酒店,此刻
你必须贺新郎一般迎我
一如我喜欢你软。这个时代喜欢我硬
驻马听,竹枝词,多少京华倦客死在长亭路
如果此刻你想——尖叫,必须把一半分与雨声
如果此刻你不想押四平韵配合我,必须把声声慢
改成更漏子。

一如我喜欢纵欲。这个国家喜欢禁欲
年去岁来,应下大雪九万里和一百一十四字
仄仄仄,我要你胸口一下子加速到
沁园春的后半阕
记住,三四句,五六句,七八句均要求对仗
窗外的风记住要按这个节奏搜刮
水调歌头已挡不住我的酒气
老板娘此刻你就从了我吧。

衣带渐宽,好色的北宋
此刻,我为什么要捕获老板娘之鲜躯,因为我必须
做李诗苏词之后的光荣先驱,我必须
呵一口酒气将老板娘换成一首菩萨蛮
我此刻,必须要替居士和道人去做古代文学的
理想情人,好诗做尽,坏事做绝——
老板娘我此刻该唤你何名
春色将阑,莺声渐老,踏莎行人已杳
蝶恋花已过时,我犹在忆秦娥

过来店小二,此刻你必须是我的帮凶
用一首新诗我雇用你300秒
来,帮我再端酒水、换盏,改写历史
此刻我在这里,隆重的醉酒行为
只是代表
这个一再被误读的世道
犹如我费解的诗行,一再非礼我在这里呕吐了
五十一字的少年游,仄平平仄,平平平仄,平仄仄平平
平平平仄,平平仄仄,平仄仄平平
仄仄仄平平仄仄,平仄仄平平
仄仄平平平平仄,平仄仄、仄平平

老板娘此刻你就让打你的鬼主意吧
解佩令,解佩环,解连环,解语花,一首首都在坠落
老板娘你岂能不解风情?

我只不过是孤独
在北宋以前,我的新诗就写得震古烁今
此刻我朝下再看了一眼老板娘
不荒唐也,慌,唐,了——

写在地铁上的诗

1

地铁是一节灌满人肉的
香肠

拥挤的人类
从地上灌到地下
与阎罗的小鬼抢道
每一个出站的人
都像刚从鬼门关逃离

而我总是
在列车固定的倒数第三个门上车
以便在下车之时最靠近电梯,逃生
姐姐,我也流氓,但不盲流
地下铁没有我的座位
我的命运就是站着
并最接近地气

2

打开神秘的黑暗
我给自己装上了荷马的
眼珠

换上了拿破仑的
心

我才敢推动着饥肠辘辘出门
我才敢心怀不轨
开出一列地铁
迎接教科书里的姐姐

然后我掏空了历史,我才敢
给我的祖国留下一厢情愿

3

在几条偷来的空间
我去面试,我身上永不及格的异乡
而绝无回程的句子啊——
只有在黑暗中和我私奔,我才敢
和诗歌返回大地
让光给我补课

4

这确凿的瞬间。我的命运就是地铁
可有谁看到了我的永堕不锈
淫荡的时代,你能不能为我误一次点?
并最挨近词的黄昏时分

5

我已习惯地下党
我已习惯土行孙的神来之髻

贾志礼

轻浮史

我终于洞悉了雌性的伤口
我终于洞悉了燃烧的潮汐
每月伊始　我作为异性从清晨苏醒
柔润滑泽重现少女肌肤的耻辱
如此混淆的殷红　如此惨淡的背叛
而鸟鸣正浓　它不停地反问：
为何要用一串玫瑰刺破深藏的喉咙？
自残是温顺者的注解
谦逊是背叛者的辩道
那夜　我如此傲慢　甚至不用春水的论据
我又极度丰腴　不再羞愧于复活节的前胸
前几日　教堂里举行弥撒
我的一张清水脸尚未领略胭脂
我将以涌动的春潮供奉
圣母俯身灭了我的烛火　玛利亚叹道：
你皮肤黝黑　当以薄纱掩面
因你那细小的云朵深入人心
多么不洁的暗示呀
我注意到他眼角的细纹和三寸幼细的鞋跟
他是要把我嵌入谜底让众人遐思吗？
他是要把我沉入杯中使声誉腐朽吗？
他瞬间教给了我苦尽甘来的意义
啜饮是敲诈者的策略
浅笑是善辩者的遗迹

哦　我将从此性感而美丽
清真寺下化岩石边　却恰似撕毁浮雕的政坛
神道们扇动着荷叶似的发辫走下来挥手致意
他们穿过迷雾穿过海滩穿过宗教编年史
穿过灯盏底部穿过失败主义时代
哦　我如此急切　于迎拒间等待雄性的机会
甚至在童年就编织了火焰的概念
时光又无以复加　我终成悍妇
蹉跎着生存严酷的腹部曲线
成熟是侮辱者的前兆
复活是垂死者的游戏
我无视受孕　无视欢愉
我浅卧高姿　灰色的垂影缓缓收拢
而裙裾下浓密的夜色又将荒诞不经

无头案之破庙记

傍晚时分　彤云密合天际那片日暑
在旧州城　事物不能轻易言说
荒凉也无可名状
所有市井空巷皆保持缄默
所有槐柏榆树都褪去脂粉
那时　破庙盛行　人世间有患难　密室里有阴谋
我在沽酒的路上巧遇一乌有之人
此人心无旁骛　却轮廓分明
仿佛是东京刺配来的尴尬教头
眼见他头戴如风斗篷　腰悬解腕尖刀
花枪之上挑一落魄酒葫芦
此刻朔风中有缺口　雪地上有漏洞
而他少年的行吟如鲠在喉：
你当于花黄之下蜷宿如春泥呀
你当化一羽白鹭远去日边泅渡呀
此人年少时习过武　写过诗　也修过身
如今却似我这般瘦成豺狼骨架
灌木　白茅　草料垛　去年的花蝴蝶繁衍成嗜好
乱花渐欲谜盛世啊
夕阳西下　仿佛人头坠地
沽酒之人却仰天长叹：
山神爷　铁狮子都可以被信仰
却不见密谋之人的下场
沽酒之人醉卧破庙　面对无可解释的墙壁
胯下斜生一段旷世经文
他喃喃如诵念：这却是我唯一的信物了
我总要让它硬一次

无头案之坐楼杀春

如果夜再浓一点　就将锁住女人茫茫的胯骨
当我说出春宵　并不意味着获得新生的感觉
当那女人散发着体香　侧向一边
生命的火焰将迁延到母亲的体内
童年时　我随老屠夫走街串巷
在他不断的唠叨中　我明白我是他第三个儿子
他与人说：这需要震颤的力量
刀锋顺着脖颈下的陷窝　直插心脏　不偏不倚
能喷出满堂红　否则血瘀胸腔　不吉利
我是从落叶哪儿获得登高的愿望
这并不意味着变幻出光环和喜悦
在小县城做押司久了　闷了　烦了　我想：
我何不扮成黑衣三郎　夜袭一面深邃的镜子
轻轻走下旋转的梯子　我就知道
我步子这么空　是会让春天或深夜感伤的
我从容地避开　我必须对烛火保持敬畏
我被更红的血舔着脸颊
然后　缓缓抽出女人的肋骨
这个夜晚　舞蹈是必须的
我又做了一次梁山大王　或是春天的催情剂

溧阳囚肉

非礼经济学

到了亲戚家后,我们几个人在门口等饭吃。
路过一个人,手里拿着一只碗。
我怜悯他几块硬币。他淡淡地说:
"我只要饭"。
硬币板着脸,退退退,一直退到
一场让它们兴奋的对话中:
"今年过年不要让小飞来了,拎个几十块钱东西。"
我说她是我堂妹呀。
"去她家儿子的压岁钱也不给。"
她女儿小,你儿子都比你高了。
"反正……"
我板着脸,退退退,退到
公交车上。我帮两个妇女投了两块硬币。
她们拿着撕不开的纸币:谢谢,谢谢,谢谢
啊!我说不用不用。
她们还说,我只得跟着说。
来而不往非礼也。那就非礼男的吧:
一个小伙子手里反反覆覆一张五元,山水都皱了。
我把一块硬币放到他手里,立马
转身离开公交站台。结果
我设计好的情节没用上:他拿着硬币像
从自己的口袋里掏出来的一样自然,
只是用余光的余光扫了我一眼。

我带着成功的小失望上了车。

2014 年 5 月 18 日

无题？

从书店出来的时候，
我的习惯是在浴缸里：
水温调高调高，痒才会叫出来。
广场舞散了。一浪一浪的女人，
还可以在动车上跳。
回家的路不能省略，我的办法是
把购书小票团成团，放在手掌，
一会儿朝上一会儿朝下而不会掉下来。
用胶水粘，用手指夹……那是你的事。
我无法描述这个纸团，就像我
家的猪，会乖乖侧卧下身体，父亲的手
在它的腹部挠啊挠。
不信，你挠挠甲鱼试试。
几十年过去了，猪都走进了
饲养场，用"厂"也可以——对此，
甲鱼也无话可说。
灯光下，我把纸团
拆开、抹平：
单号：LSCS900029518
　品名　　　册数　　定价　　　合计
　80%　弗兰西斯·培根：感觉的逻辑
　　　　　　　　　1　　28:00　　22:40
　品种1　　　　　　应收：22.40
　收银 CSR9000001　已付：50.00
　　……
　对不起，我要读这本书了。

购书小票被扔进垃圾篓——
是塑料的,竹你个头啊!

2014 年 6 月 9 日

诗学,或消灭人类这个圆心

我们不能因为饥饿而
取消食物是吧?
总有一天汽油也会完蛋,那么
讨论辛烷值还有意思吗?
鸡蛋装在淘米篮子里,淘米篮子装在
轿车里,轿车装在他的脑子里,他的脑子装在
鸡蛋里,鸡蛋装在母鸡肚子里,公鸡
被人强奸完蛋了(性饥渴者除外)。就如
一西瓜刀朝她脸上的苍蝇砍去——
到底是人无辜苍蝇无辜还是
西瓜刀无辜?所以
要剪彩诗歌与阳光的联系,开始以吃
月光为乐。
我的意思是意义比意思小但不要
忘了公鸡的存在。

2014年6月20日

魔头贝贝

棘手经

铁的冰——空气。炉边妻子
剥着蒜瓣,哼着歌曲。
卫生纸蜷成团缩在
厕所地面的塑料篓里。

我写过那么多
拧紧了瓶盖的诗。里面装着
一柄斧头,一把灰烬。
沸腾汤锅中的骨肉——每天
都要坐在马桶上,若有所思。

黄粱经

贫穷盛开如妻子的脸。
星辰代替
母亲凝视。
穿过小学课本——列车
和刀子。

那些被钉耙的梳子梳过的头
雨血霏霏。看上去却
杨柳依依。
年复一年——起诉书
般的白云蓝天。

磷火堆积成的篝火——
不停地,我们围着跳舞。用
泥土中静静的黑暗之根。

忆枞阳·赠石湾老哥

床单上星星点点
烟头烫的洞。
满地东倒西歪啤酒瓶。又一次
细雨纷飞。像故人来访。

窗外湖面幽幽的反光。
远处漆黑中隐匿的群山——
很久以前,外婆用竹篓背着我
在那儿掐韭菜。那时我们
是一个整体。像农药装在瓶中。

日损经

下午四点。和老母亲散了会儿步。期间
谈到失踪的飞机,吃香椿
一定要用开水焯一下。然后
并排坐在草坡。晒太阳。听手机里大悲咒。无言良久。

有的沉默像墙角堆积的空啤酒易拉罐,天天增长。
有的沉默。像眼前海棠花,淡粉,风一吹,片片零落。
有的沉默像你
刚刚完成了一首诗——把痕迹交错、反复涂改的
满满一张白纸,倒扣桌面,使之看上去什么也没发生。

弹指经

院内。从巢穴飞落晾衣绳,四只燕子。当我开灯。

窗外树门紧闭。只有阳光,才能打开它们的翠绿。

睡梦就是练习死。

想到一些事。那些一代一代被忘记的,化为繁星。

潘新安

砸冰的人

我曾见过一个砸开镜子的人
他是要粉碎了这面具
取回自己的容貌　还是要
从自己的脸上取出暗藏的刀锋

而一直以来
我习惯了把一条宁静的小河
当成镜子

但现在是冬天,每天早晨
我都要砸开冰面　才能用一只瓦罐
去取　那鲜活的水
也仿佛有锋利的刀子在刺我

这种疼痛的感觉——仿佛童贞?
我却以为我是真的进入了
一条河　并且开始从内部擦亮它

我是一个不合时宜的人

我是一个不合时宜的人
和一朵白云恋爱的人
我刚刚走下木梯
大地上就铺满了早晨
抖动的露水里
激进的光线,初试锋芒

谈叔齐和伯夷
不如谈陶渊明和赛珍珠
更不如看父亲沉默地归来
一根青藤
悄悄爬上他刚刚搭建的棚架
试探多于张望

葡萄尚未开花
但有一声声的鸟鸣,像另一种结果
在枝叶间滚动,圆润、饱满
而转动的门扉
谁不想关紧自己呢
却在缝隙里,轻声表达着欲望

我就是一个不合时宜的人
既然,我已经改变不了自己了
就只好跟你谈谈,怎样超过自己
就像速度超过时间
我不在任何的时间里
而在任何的一个地方

过午

过午不食
只读些短诗、偈语,或
用食指蘸清水写字

玻璃、白色釉面的墙砖
屋顶上的不锈钢太阳能热水器
这些拒绝和反抗

戴草帽的农夫
打阳伞的女子
一棵树,举着自己小小的阴影

阳光太强烈了
我把窗帘放下来
让自己变得黯淡一些

嫌疑犯

而他们在暗处
只露出
几只眼睛

正午的大街上
到处是温暖的行人
抱着棉花和气球
一个电工
爬上枝型灯杆
去修理
一盏坏掉的路灯

我记得当时
我刚刚走出首都机场
一架飞机轰响着起飞了
一个巨大的
影子的
袭击
在我身后
像一个国家

三天以后
当我重新出现在
我曾经失踪的地方
没有人会相信
我

被掉包了
用石头和旧报纸
而他们
提走了真相

他们必定深谙
厨房里的秘密和
菜刀的美学
一条鱼躺在砧板上
浑身长满嘴巴
比如老子就说过
治大国如烹小鲜

我看夜空
就是一只黑锅
而有位诗人也曾说
月亮是个按钮
群星转动的探头
谁握有真相
谁,就可以去要挟

那么好吧
在如此严酷的监控下
不论我身在哪里
都会有见证人
看我
如何恋爱、生子、哺乳和写作
并大声对这个世界说
我,没有隐私

随处春山

变形记(选)

龟人系

1

吐纳、进退如呼吸
有泥腥气。这石头的近亲,
露出了小尾巴。在水中的样子,
露出脑袋,你该持有戒备和警觉
一直驮着悲伤,却也连着欢喜,
你的爬行和苍老一样寂静
没人听过龟人的歌声,没有歌声,
忧患就像这壳,不能脱。

2

天空和大地是更宽厚的壳,
更多的肉身在其中被庇护,也被消磨。
潮流一次次碾过天空之背,
大地之腹在颤栗中倾斜、裸露。
已经与你无关了,再也不需要你来灵验
国家大事、天气、以及战争的事宜。
一切都与你无关了。你要慢慢的活。
一万年,不短也不长,你要做大地最后的主人,
要比一切都活得更加长久。

哪怕是火上炙烤的一生。

3

转身吗？时间其实并无二心，不分快慢。
你在缓慢中，顽冥中也藏着"巨变之心"
哦。没人以为你会生锈，流水它
如时间。可供打捞的浮云也不多。
两个相爱的人从身边走过，走得那么快，
你对爱情从不占卜
缓慢爬过的世界，凸显一张焦虑等待的脸。
从春天出发，前方早已在凛冽的寒冬
你无意迎接四季和世道的变化，
这无辜的迟到者，携带着预知的神启。
慵懒、闲散、安宁。

蛙人系

1

我不提及蛙鸣，你亮出的白色肚皮，
就好像我忘记了整个乡村的田野，
忘记了一代人的童年。
你有绝色的伪装，还练就了十八般武艺。
一个青蛙跳！
好吧，一个青蛙跳，足以走动江湖。
这时候，你以为自己是童谣的主角。
脚踩黑白二道，入水揽月，上岸饕餮。
青蛙王子般等待一个吻。
睁开眼了吗？蛙人。
乡村更远，童年已逝。

2

从你的咽喉处下手，
那么轻易的就会剥除你整张的皮。
这绿色的皮，是与自然的交换，
与世界的和好。
总是在不断的彩绘着这张皮，
蛙人，有着滴水不漏的好手艺。
我可以把最好看的这张皮，高挂吗？
挂在清明的风里，在坟头上。
插柳的时候，我看见了更多的蛙人，

把黑乎乎的,无以计数的卵,产在冰雪刚刚融化的水里。
藏匿好可恶的尾巴了吗?
蛙人的一生。无比的热爱着新披上的绿皮。

3

蛙人何处系扁舟,眼中水面辽阔,
杯口摇晃,或大或小的
扑通。扎进去,都是很大的风浪和漩涡。
扑通。再扎进去。一回头害怕看不到岸上。
我该从水里来啊,聪明的,
卵就放在了以为最安全的地方。
一些蛙人死在水中,
另一些就会死于岸上。
谋杀,系列谋杀、连环杀戮。死亡。正常与非正常。
岁月的利刃,手起刀落
寿终正寝的蛙人,来不及解开他曾系着的扁舟,
为之恸哭啊,眼泪在水里,在土里。

鸟人系

1

只有一只翅膀,在路上。
隐藏好的伤口,那是长出另一只翅膀的地方
请快一点离开吧。
珍藏过一些鸣叫和羽毛。也会丢弃。
你把她弄哭了,
她不是你的,不是另一只翅膀,
这并不可靠的翅膀啊。
奇怪的想法冒出来,也是自然的。
世界抛弃一群人,
另一群人抛弃了世界。

2

习惯了到屋顶上去看另一些屋顶,
也习惯了在荆棘、碎石和人群中迫降。
拥挤的人群,缝隙很小,又很大。
选择了背道而驰,
是不是起飞的唯一方向?
能看多远,能听多远,能飞多远?
这是三元一次,无解的方程式。
从生飞往死,一次樊笼的最后置换。
落日滚落天边,
那种美,遥远、短暂。日复一日。

你曾无限接近。以至于,常常熟视无睹。

3

太阳穿透雪和血,正在融化。
黑夜,拥抱空茫的星子,
你睁大的两只眼睛,落在哪里?
偶尔的火星子飞溅在地上。
你掏出的勋章和羽毛,年代久远,黯然失色。
大地沉默。万物不能停止生长和消亡。
众多迷途的羔羊,顺着草迹已慢慢走散在四方。
九头鸟失语之前,停止了思考。
栖息的枝桠上,更多的人,
　会选择飞翔。不管有没有翅膀。

孙慧峰

盗梦空间(选)

1. 梦境里没有风,但是有风吹过的形状

梦里的街道似曾相识,梦里的人
没有姓名。他没有面孔,她没有眼睛。

在梦里入睡,也就能在梦里醒来。
醒来的人能轻易打开一块石头

但打不开门。他穿墙而过
来到陌生人的院子里

这里不是故乡,这里
没有温热的手,落满灯光。
她不在这里,所以这里不是故乡。

一只灯泡在疯长细细的触手,
一个老鼠
在树下寻找钥匙。

梦境里没有河流,但是有风吹过的形状
四溅而开放,
像一个人四处寻找的心。

2. 在梦里毫无距离的，在现实里可能隔得最远

闭上眼睛，她已经置身千里之外
数不清的台阶，一直延伸到
看不清的地方。
她朝着一个方向定定地站着，不移动半步。

很多人走来走去，有的经过她身边
有的穿过她的身体
还有的在她身边停下来，打开手机
大声说话。

但是她听不见任何声音
就像她在千里之外，已经听不见
家中的电话铃声——而这电话
正是她身边这个人打过来。

在梦中，她努力地捕捉声音，
但却只看见对方嘴唇的蠕动。
这是一种平衡：你在梦中能得到渴望的面容，
但会同时失去，现实之声。

3. 人生如梦，只欠一次清醒

清醒即遗忘。遗忘丑陋
而记住美好，或者相反。现实里焦灼的人
在梦里遇见一个长着两个面孔的人。

一个面孔是她每日所见

另一个面孔是她每日所想。

在梦境中,她凝视着双面人的面孔,暗暗搅动手指。
而她醒来,梦境里被忘掉的部分是

这个双面人有着熊黑的身体、
企鹅的头颅
蜘蛛的心。

4. 梦里五十年,醒时五分钟

一旦醒来,千里距离一步跨过
百年建筑瞬间灰飞烟灭。

被梦境统治过久,现实里不是苍茫
而是荒凉;醒来江河还在长流

而梦境里海水已枯竭。
多少时间才够一场梦境挥霍?

她披着睡袍在房间里走动
一边走,一边从睡袍下,不断拿出一个人

拿出一个消失一个。要拿出多少梦里的人影
才能在现实里,出现一个清晰的具体的人?

门被敲响,喉咙被堵住
窗帘被吹动,一把椅子被空置。

时间还没到?五分钟很长,

五十年又太短。

5. 在别人的梦中，你只是个影子

你在旁边，看别人吃饭、睡觉、做爱、吵架
却不能参与其中。你看见了那个偷鸡贼
但无处报信。你看见很多人围住很多人
但你置身其外。别人的影子不断踩到你的脊背
但你没法喊出声。可能你已经喊了，
但你的声音在别人的梦里，形同虚设。

别人没有醒来，在别人的梦里，你就只能是
一直是被置若罔闻的影子。影子所能看到的是
人间笑容满面，生活滴水成冰。

6. 那倒扣过来的街道上的人看你，也是在天空里倒悬着

空间的倒转，带来视线的弯曲
这让你换一个角度，看你最熟悉的人：
原来他不是真金的，而是镀了漆的铜；
原来她不是双层的窗帘，而是单层的床单。

窗帘无风而动。在你的头上，另一个世界的人在倒立行走
不对，他们不是用脚在走，而是用脚在爬
在那天花板一样倒悬的人间。
他们的头倒悬着，
肉体倒悬着
是非感倒悬着
他们的心倒悬着
在你之外漂浮，如看不见的红灯笼和看得一清二楚的

遥远。

7. 一个人只能在与其精神类似的人的梦境中，找到似曾相识的感觉

　　透光的树，往往长在河岸
　　过滤着风和蜻蜓的衣角
　　那沙沙作响的声音，可以是风过树梢
　　也可以是丝织品摩擦皮肤。
　　隔着皮肤，一个在现实里的人
　　也是一个深陷在梦里的人。靠着众多类似的声音
　　现实里的人在梦里能找到河岸
　　而梦里的人，在醒来后看见河岸上透光的树。
　　树上没有梦里看见的彩虹和金子，只有叶子
　　在风里翻动如纸片。

梦里的纸片在醒来后上面什么都没有
　　没有生的通缉令、恨的告示、爱的画影图形。

40. 在梦里，大厦一气呵成

　　你会被漫长的现实漫长地愚弄
　　而你不会醒过腔来。

　　你能认出他人的面影
　　但你看不见他们内心齿轮的转动。

　　他们看得见林立的建筑
　　但看不见你内心的花枝轻颤。

不要怜悯房间里的人的渺小
他在工作或者在睡觉,并没有影响天气。

一个人难以归类,但时刻有
把身体塞进建筑的确凿性。

树影细密,夕阳在慢慢地开始
透过阳光我们看不见梦。

日子忠贞,走廊弯曲。
有什么完成了?大厦矗立

有风在告别,吹透了人间的树木,
但还没有吹亮梦中花烛的幸福。

殷晓媛

古典主义书法论系列
——钤传（选）

蜀素之上风樯过

"汝果欲习鹅砚之艺，
今当叩学米颠《蜀素帖》神迹，乃明笔墨之本。"
父捋须莞尔，令生案边独坐。夜深，
有萧瑟之声过窗外林，乌头赤腹蟋蟀一只
自袖而出，落于绢帖。
生恐其伤帖之纹理，蹑足而起，

以唇齿间清气吹之，蟋蟀乃如灯花灭。
生释然而坐，乌丝栏中奇险遒劲之墨竟不复存，
如雪消于晴空。生大惑，视玄丝，
方忆起此乃某域地图也。
论其界，赤日满月流光相接之处也，
故方正如此。夜半，有骏马二十四匹，

阵前三匹皓如白玉，余二十一匹均为皂色，
皎皎星河之下，如暴风过野。
"何所见？""黑白名马若干
入此栏中。另有峨冠博带士大夫样貌者数人掘泉于边界，
不知何人欤？"父骇然，

同视丝绢，惟见微风徐来，织纹粼粼如碧波起，

直贯星河之陲,一何浩荡!
其间泉眼星罗棋布,
气韵幽古,泉底月如丹朱。

快雪时晴雅盗行

"雪者,游移风月之上,生灭万象之间,
遇火烛而为轻烟,逢古木而作莹尘,
落右军之札乃化沧海。因何谓之'沧海'?
乃其生明珠是也。其纸斑驳,冬野初霁;其笔朗润,璧月将升,
气定神闲如此。"

采骊珠者二人冬涉河川,为风雪所阻,见河畔有渔翁,
遂欲借其青桨,以赴冰河。
渔翁哂曰:
"但借无妨。惟取骊珠之说,谬极矣!
真龙颔下之物,何曾有凡夫得见?汝真狂悖无度也!"乃捧腹而去。
此时暮山嵯峨,烟岚微紫,落日西栖,晶湖含光。

二人止舟于岸,直奔阅古楼,
一提七丈素纸,一执三尺墨刷,
将壁上《快雪时晴帖》,悉数拓下。
事毕已是深夜,推门而出,但见满月如毂,
一灵龟壳如岫玉,横卧道中。
"请为驮右军之笺。"于是同归。
途中再返渔翁处,拜谢之。
渔翁笑曰:"骊珠何在?"
答曰:"请细观之。"

"莫戏于老夫。此非寻常书札欤?"
"乾隆见此二十八字,玉质玲珑,璆然有声,赞曰'二十八骊珠'也。"
渔翁赧颜,竟与其舟化为双鸟遁去。

寒食,清徵百端

"东海烟波,邈如蟠马,
灰飞渚白,似瑞雪至。"

有男子访友以观其书画之藏,
返而迷于道中。忽见平野间三粉壁孑立,
其中隐隐小巷流水,仿佛江南光景。
及近,已暮满四荒。

百余人提花灯,婆娑而行。银光满溢如过江之鲫,
穿游青石板间,往东南而去。"提灯何为?
二日后乃清明,今非寒食否?
夫寒食者,焚纸扬灰,迎风怀古,
烟火皆凉,哀思如缕也。
而诸人提灯者,一似上元,何故?"

有身着染布者答曰:
"寒食者,气象凄怆、情思悱恻也;
元宵者,五感皆清、心内澄明,如燃灯以临浮世。
二者合一者,在子瞻《寒食帖》也。
尔所见长巷持灯者百人,
此苏子帖中百余字,发清徵之声行于帖上。
值苏子左迁黄州,其情黯淡,其心惆怅,
故其诗其墨有寂寥之色,
而其风绰雄浑、光彩环生、如华灯齐耀。
故寒食与元宵同在,方成此奇观矣。"
诸人络绎,鱼贯而去。

东方微明,见巷道隐隐有黄檗色,
果乃素笺之面也。

钟繇之大舍与大得

有寒士志于书,倾其所有以求天下名师。
数年间,兼学颠张醉素、苏黄米蔡、钟张二王,
甚得诸家遗风,惟惜无令人击节之妙笔。
久之,家财乃绝,名师亦去。

一日,之当铺典其祖传玛瑙扳指,
掌柜见其面如槁木,目滞神黯,乃曰:"何事怆然?"
曰:"日中而采,月盈而酿。独不得日月之精,何也?"
掌柜素知其人其迹,曰:
"钟元常者,正书之祖也。
论其舞墨,五表六帖三碑,名冠天下,风宗千古;
论其出仕,位列三公,一世荣华。楷模是也!"
寒士问曰:"钟公何以至此?"

曰:"因其聪明睿知,知大舍与大得也。
时曹丕爱其所藏玉玦,使人问之,乃不吝赠之。
其不爱惜至宝否?非也!若不与之,恐招灾谤。
此为大舍,必舍之物,虽万金而慷慨舍之!
大得者何也?欲假《笔法》于韦诞,不得,
捶胸吐血,至韦诞死而以《笔法》陪葬,乃掘其墓而获之。
皆以为癫狂之举。然大得者,志在必得之物,
虽为天下谤而得之。"

寒士笑曰:"所言极是。然吾无有可大舍与大得者。"
掌柜道:"余虽不通书法,却知天下之物,
雄奇则生,庸常则死。子兼学诸家,

笔墨必在其间徘徊,因而不能用其极。
不能兼得,不如舍之。
独学一家而得其长,领异标新,青出于蓝,
自立新宗,指日可待!"
寒士从其言,其艺倍增,终成一派。

阎 逸

时间抽屉

时间,时间
一个身体里的无数个身体由此而来。
一个有限空间的无限岁月由此而来。

双手引领大水,
双足朝着荒野迈进。
风吹着风的内脏像吹着一根嫩树枝。

你身上兽皮缤纷。
你身上的暗物质缓慢如一颗星。

折叠或打开

0. 死是世界的幽灵新娘。
1. 树枝是枯枝,长不出亵渎之花。
2. 旅行者一旦跨出自己,皮肤就折叠如一只空睡袋。
3. 神的临终安慰很短,命运短似一本书的序言。
4. 暴风雪悄悄潜入南方一词,她白了。
5. 屋子在灯光里拖动它的黑地毯,镜子越来越暗。
6. 看见被扔出的风声掉下来。空荡荡,你站过的地方什么也没有。
7. 每个器官里的收音机充满耳鸣和调频上的叠音。
8. 段落里的人走到中途,看见标点如星辰……
9. 倒计时的秒表:影子里的水,溅了一身。

纸耳朵

可以折叠的并不是只有椅子那些时间那些梦那些未遂的骤然之变只因为成为了往事才犹如无蕊之花绽放的种种遗忘被纸耳朵听到空空荡荡从墙到墙呼吸即是一片悄声细语看不清因此空无一物道不明所以不知所云听而不闻听到钟声一阵阵的喘息早晨才醒了身体里蓄满午夜的寂静寂静如水一滴一滴敲打着谜语的屋檐天空的指纹镶嵌在窗口已猜不破无人可为其破似是而非或似非而是。仿佛什么也不曾发生这一页和那一页翻开除了词与物还是词与物被眼睛洗劫一空剩下的只是听听世界的各个部分被揉捏成一个人的器官这是鼻子这是嘴这是胳膊和腿杜撰他就是杜撰一个诞辰和忌日无人生还也无人死去肉体里的火苗都是话语的冒险说不说脸孔都是面具是面对幽独尘世的惟一箴言渐远渐深近在咫尺的是谁？

仿佛快感那么快

仿佛快感那么快,多少有些
痛快和愉快:一滴水落下
依旧是水,水滴石穿,没有悬念
看见它,从潜伏的四季中现形
那些鲜花,一朵一朵一朵
慢慢枯干:鸟在结尾处消逝
穿着燕尾服的回忆
突然回头,吓了你一跳。
左耳的旅客,搭乘右耳的火车
句子里,死去的百足虫在动
纸上杂草丛生。
镜子魂飞魄散,被一块石头
深深覆盖:它的虚幻性。
一千张脸孔随风漂移
脸上的楼梯,咯吱吱地响
从明亮到幽暗,一天变成一条
短促的走廊,走过去
却有一生那么长。少女轻轻
叫一声,一个少妇
便彻夜难眠:风景画里的
蝴蝶是轻盈的,夏天热得无骨
冬天冷得凋谢。你站在那里
你是时间的活标本。
静静地发呆。两台发报机
向对方发送漩涡,嘀嘀,嗒嗒。
沉沦,但不曾深陷。闹钟里

秒针跳了一下,把你带来的消息
转述给分针:瞧,这个人
用乒乓球的弹性反反复复
你听,你看,你默默无语
门关着,睡眠者醒来
嘴里长出一个下午,给衣服
穿上身体,给手套戴上手
给梦一根青藤,让它们
走,爬,互相抚摸
让动机动起来,一连串的响声
在瞬间变空,你翻动书页
上面没有一个字
窗外:扛着铁锹的人
在挖一棵树,挖一条暗道
故事这么漆黑:女房东
关掉走廊里的灯,你
在墙里埋下一张脸
你的叹息留下一个叹号

张成德

囍史(节选)

第一章　低处天空

第一歌　引子:局部的图钉或抽象的光圈

……

这一切非护士们针头所能完成的使命
更不是体操教练
空中翻跟头的事儿

当一个拳头击向一个软肋
光棍们的独舞
是站在海防前线
手握一杆钢枪身披万道霞光
此刻他们的装备是一群泳装
去了一个浴场的远方

而猩猩们陷入迷茫
对着它慈祥父亲
对视的目光没有答案
——锁链吊灯,晃动的铃铛
连同发现

——你包扎右臂,下次还要
小心左臂,在柔道之间

读报之间,弹弓发射之间,发丝卷如羊毛之间
健跑如飞之间,一个爆竹炸响之间
一把木椅成为断头台之间

谁能阻挡这为英雄布置的背景
忙碌的人群

——你信就是井,不信也是井
昆虫们以翅膀做拍照
一幕歌剧,一个指法、一种唱腔、一杆枪支
风暴内诞生的词典

——请移开左轮枪手势
不要指向仇恨的脸
他的击剑由一个木马说"再见"
她的杂技就是要站在一个男人的头顶
说华山论剑

而她的郁结却是不要扩胸运动
只要骨感光阴
每天对世界梳一次妆
随着喇叭去探险
红灯人、酒绿脸
还要鹦鹉播报时间
她的指甲触碰了玉棒
多少开心
她把茄子藏入下半身
多少恶心
她把香皂夹在腋下
清除多少狐臭熏天

一只青花瓷瓶,斜出半枝莲
于一个博古架前
马匹站立的河山
有这类勋章

那么鸟类穿梭的乱线圈
问答的烽火
也在这一夜之间
何人斯的马在官帽椅上踢踏
引得蝶儿落下
大驾光临你需要现场
现场就是开一铲车到场
打包你的服装连同,舞剑的项庄

在你们挖好的墓穴前
一小时的谈话
胜过多少万语千言
在这十字架下面
你们蛋壳一样莅临这里
对得起那片如茵绿草

一台摩托开过墓地棺盖之上
一瓶香槟立为墓地不朽
一块墓碑被换钢琴塑像

还有多少流放者以此为头像
还要你们交出多少灰烬和火焰
还要你们以草根去捅锁眼
充当钥匙链

你们对抗的桥
经不起折腾的洪流

一根竹杆打下去只能是缩着龟首
你浅度睡眠是被手样东西
摸到了腋窝代替了面上泠着酒窝
你浅度睡眠是躺在钢板之上
想着被钢板敲响肉身

他们葵花宝典
如果两只草莓执于两个裸体人手心
丰收人,你的键盘敲着谁的账单
我爱骆驼之下冰川
更爱驼背上才子丽人
追随一名红衣罗汉
高举着五瓣丁香
坚持白日青天

一只从澳洲捕来袋鼠
来到汉城后三天
自毙于一个铁笼内
留下清晨最后的血
它的理想主义不与外界沟通
回到沙漠中
它不堪游人的嘲讽和果品侵扰
采取了暴动的自身

星期六劳动,星期天劳什么动,怎么算劳动,上半身下半身神没说清楚,那么你说清楚比她说清楚更清楚。在一个空闲,你挥镐刨向一个地壳总也刨不完，总也刨不完。完了还要喝水撒尿活泼乱跳，接着喊叫唱段歌谣。在一个空间你要以手钻去钻一个木头或箱子留下文字的劳动，你还要，比基尼人物来折腾抛向空中的盘子看劳动变成另类妖术。妖术让你血压升高，鼓动你另种心跳，心跳。但你不能以洗澡逃之夭夭去溜冰场去搂抱腰，劳动让你在深水中长成葫芦瓢，目的就是考验你的水球运动水下运动，水上运动靠口哨，床上漂漂靠口号，以此拍照不分春秋。伤其十指不如锻炼一指。不要复杂的休息，只要简单的动力。你在喉内安放炸药包。炸药包是一个剧情需要剧场需要剧情需要劳动需要顶多算作香港脚。香港脚顶多是一只小鸟朽枝上跳叫，顶多是高音喇叭隔一个时间的呼喊，喊呼让人想到电击内的昏猪，昏猪不肯离开的小岛。没人钓鱼的岛聚集牲畜的岛，野田或小鸟5－2内剩下的岛。海水绕海礁，海水比较起来还是要摔跤，"友谊第一，比赛第二"，不意味着谁是"横路进二""进二"就是赢得"进三"的可能，更可能才是真正的海礁才是真正的劳动。劳动是让人学到老干干到老眉毛胡子一把抓的功夫。功夫到家算是有家有家自己的家祖国的家此生不是泥内的虾餐桌的虾。一帆风顺是虾不因一粒沙子咯掉牙装假牙。假牙是种劳动的假，假到没人理睬的花让人眼花让人不识灯，身陷隆冬，抵不上泰山顶上一青松，抵不上针尖上的刺绣劳动。劳动原来就是劳动，劳动就差你一根针，就差你神经。神有一种劳动，人有一种劳动。人类一思索上帝就是神经。

张灿枫

一个女人的南伽巴瓦(选)

八号车厢满座

你说我是一列火车中的餐车
你说我有小小的厨房
猛烈的炉火
你说我会
砍,切,刮,削
煎,炒,烹,炸
你说所有的餐桌都是你的
而你,只在
一张餐桌后坐着
翻翻报纸,玩玩手机
或者,看看窗外
飞掠而过的
平原,河流,山峦,草原
你说这些食材
你都想亲手取来给我
你说就这样
一直奔驰下去多好
这个星球上的铁轨
每一寸都在等我们辗过——

阿勒泰的雪

天阴了一遍又一遍
雪也没有下来
阿勒泰山上
早已光秃秃的
一群羊行至山腰
就停下了
它们也害怕
上到山顶
就下不来了
安拉的女儿
打了个哈欠
一团雾气
在帐子里扩散
呈现出
刚刚睡醒的模样

崀山下的吹鼓手

吹丧事,也吹婚事。死了的,一阵锣鼓点,就送走了
新嫁的,只消一把二胡,就破处了

他们是嗜酒的土地爷爷、大胸脯的土地奶奶
他们从山前吹到山后,从山左吹到山右

初冬的平原上,一个又个村庄,就是这样吹出来的

火车驶过星星峡

快到星星峡的时候,雪下来了,不出所料,是大片大片的那种
四川人、河南人,坐在同一列出疆的火车上
喝茶、调笑,打牌,抽烟,喝酒

总有那么几个,不爱说话的男女
隔着车窗,与甘肃省的墚、峁、沟谷、垄板,对视
他们摘光了南疆所有的棉桃,他们还要带走这些说维语的雪花

古镇游记

小镇的上空,两架飞机,就快撞上了。我指给她看,她一脸不屑。高度不一样,肯定撞不上。真的快撞上了,不骗你。但是,没有意外,机场调度还没有蠢到迎合我的地步。我很快就忘了它们。整个下午,被她拖着,在一个又一个小巷子里转。这是没办法的事儿。可我,仍不时把头转向灰蒙蒙的天空。

不要把一个句子写得过于完整

按倒在阳光里,按倒在阳光里,按倒在阳光里。如此重复几次就行了,不必要主语、宾语。正午的阳光,暖洋洋的,它们已先后蒸发而去。

在卡拉卓尔草场

一群羊聚集在围栏的一侧,空下来的地方,雪下得更大一些
如果她在场,就会说,失去了瞳仁的眼睛
可以捕获更多的雪
四下里什么都看不见了,除了这个帐子
除了圈里的羊,此前
从没有把这些羊当人看
现在,感觉它们跟她真有相似之处
它们满眼警觉,好像不会放过每一片雪花
现在,我要做的是
往炉子里,再添一块牛粪饼
火苗嘶嘶的,有轻微的爆裂声,羊儿们的眼睛应该睁得更大

电影中的雨

雨,下着,下着,就下成了光头。与此对应的,是穆赫兰街上大片大片,细小的血雾。
*贝蒂吻了丽塔:你以前做过这事吗?
汽车急驰而过——

*丽塔:我不知道。你呢?
*贝蒂:我想和你在一起。
一双高跟鞋,踩过一个个,灯火通明的漩涡。

*路易斯:不,不是这样的。她不是这样说的。有人有麻烦了。一些不好的事正在发生!

我可以这样烧开一壶水

"嗤嗤"响的是蓝色的火苗,"咕咕"响的是水壶里的水。此前半小时,它们还被水龙头禁锢。细细的,像一根管子。现在,它们获得了有限的自由。然而,水汽在不停地蒸发。厨房里,到处都是它们的影子。它们说得太多了,它们终将结出沉默的水垢,白花花地,附着在水壶的内壁上。

南通城的灯火

我冲着南通城的灯火,敬了一杯酒。南通城里,有我爱过的女人。当年,我给她买的房子。现在,还空着呢。不过,我也没让它闲着。我把它租给了,来自云南的一家人,据说,他们专门从云南往山东拐卖儿童。

小教堂顶上的芨芨草

滨河路小教堂顶上,芨芨草也长出来了,似乎比路边的,还要绿,还要明亮。它们从哪里取水呢?地下的水没指望,天又那么远。也许,它们所在的那个高度,本来就富含水分。看!那几只在薄暮中归来的白鹳,一落上去,就沉重得飞不起来了。可是,明亮,明亮也是它们的特征。

一个女人的南伽巴瓦

那些云雾,可以叫作南伽巴瓦,那个山头,可以叫作南伽巴瓦,并非那座雪山裸露到极致,才能叫作南伽巴瓦。一年当中,云遮雾绕三百多天,偏偏在那个女人,即将离去的瞬间,褪掉了所有的衣衫。那时,车子刚刚启动。那时,她刚刚把一方手帕,系在发际。那时,她刚刚诅咒过我。

蟋　蟀

骑上河水（选）

乌鸦

小男孩蹲在地上抽烟。
树上，一群乌鸦在抽自己的喙

天空更危险，更蓝
金色的节日压迫着树梢。

一辆拉满饲料的汽车穿越树林，
无数个甲虫纷纷起飞

在这美好的清晨，
会有几颗麦子在麦堆里变黑、发霉

会有一个人离开村庄，
去城市领回属于他的屈辱

会有一位母亲尚未聆听到死讯
坐在餐桌边，表情安详

会有一只乌鸦率先飞离
将凶兆一饮而尽。

睡眠

我用睡眠计算出小数循环。
撕毁肖像,将纸屑碾平。
在黑压压的呼吸中,用睡眠发光。

偷走女人心爱的钱包,
和小饰物里的香味。
在走廊里,用睡眠躺下身子

把自己交给眼皮的污垢,脸上的疤痕——
楼梯口的确很黑,
像一盆倒扣的井水

像咒骂中的喉咙,等待肮脏的字眼。
我用睡眠看守醒来
在门槛边狂吠不止。

骑上河水

骑上河水,穿过
燕子锋利的翅膀。
骑上你的名字
四处行走

这四月的魔法,这乡村公路
撕开的田野,
蝴蝶一闪一闪,骑上
黑色的伴侣。

杂质

穿过漫长栅栏中的一个缺口,醒来。
有人朝湖面投入石子。
我开始奔跑
波动,鞭笞。

往自动柜员机中
插入扁平的积蓄。
面部的磁条悄然增添划痕。
转身,在街心,投入硬币
向乞丐的入口

他寒酸的音乐盒开始转动。
空气中的小小突起振响昆虫的翅膀

使得每一个人开始旋转,起舞
在那威严的发条上,听命于
他傍晚回乡的孤单背影。

魔术师

三个火球。分别将我注入三个容器:
水蒸气、迷惘的眼神,悬空的手势……哦,对不起!
我只想呆在谜语里,呆在黑色幕布的
潮汐里,请把那些小动作的贝类
纷纷合拢……
让我和心爱的蝙蝠一道,衣袍宽大,滑翔着
隐秘的磁力,冲击,背负着易碎的水珠
从客厅到卧室,从箱外到箱内:
我藏住了你,用漂流瓶的反光
藏住你的识破诡计用父爱与仁慈的丝绒!

徒步

那些没有灯光的窗户
意味着,黑暗。

穿越走廊,两边的壁画还没有准备好线条
而颜料迟迟未能解释,那些斑点。

我只能凭空呼吸,假设
你还在高处,在一只飞鸟的眼瞳中忙碌

为它的翅膀打算着明天的早餐,不言不语。
纷披着细节,动作的羽毛

你的心脏日复一日,笨拙到极点,渴望
被手指击落,从此安详。

离开

离开家,离开屋檐
伞柄。和信鸽的脚环。
离开雨中打湿的女人,耳饰的灯光

在信封里填写笔迹的凹陷,
穿透纸,穿透耳鸣的走廊。
那铁钉样的脚步声
没入嗡嗡作响的年轮里

渴望一个锲形。
却归于寂静。
电流跨过路灯,撞碎
无人看守的玻璃

离开这无休无止的透明。
酒中人不再言语。
他有一个明天,在门外
有一场雾,一个叫他父亲的孤儿已经醒来。

除夕

夜深了,死者在地下举起蜡烛。
我穿过时,影子就像撕开又缝合的大衣。
树木被鞭炮声惊吓,呆立
从耳膜中呕吐出冰凌。
左或右,两只脱不掉的冰冷雨靴
双脚淌出污水,
我站立的地方,踩住了雪花的骨朵
那儿,融化出甜美的核。
我记起了那个眼神幽怨的乞丐,蹲在石阶前
拖着又细又黄的发辫,
嘴角有些腐烂。
没有人会亲吻,除了父亲。
火光燃烧起来,
使冰床慢慢损坏。
在那不断传递的耳语中,有蟋蟀的伐木声。
那些细微的糖,水果
在白皙的礼节之间
睡了。只有屋檐下的灯笼
在吃白天剩下的黑粉末。

现在,冰就是谜底,是要塞,是喉咙
是毛发般勾引梦境的阡陌小路。
就连那些鸟儿的巢穴里
也有鱼被冻住,变得坚硬。
化石又往上升高了一层。
车站低矮,潮湿,不能承受说话的热气

独坐的旅客,一碰就碎。
我穿过铁栅栏,穿过墙壁的砖缝
和木桌,长椅,茶几的拼接处,
穿过两片信笺,其中的一张。
就在那雨点的赌场
有人脱开棉袄,押上了全部体温。
兄长,请用你弯曲的手指迎接新生活
贴上大红的窗纸,
为母亲换上新装。
为墙角的鞭炮残屑打扫出
光洁、明亮的客厅:
它们正拥挤不堪,伸出受伤的胳膊
在彼此吞咽的齿轮中推来搡去……

鹊桥

早早就要梳洗翅膀。
连乌鸦也要加入。
推开母亲的房门,催促她:
快点,快点赶上!

一时间,所有的人都飞到了河边。
怎么回事?有人大声叫喊。
母亲的衣裳未干
我习惯于沉默。

那些翅膀,那些弧形的脊背
在黄昏时分,艰难地扇动。
还有那么多尾巴,那么
明亮的黑暗要穿越

就连剪刀也要加入。
还是不够,在对岸
那些漆黑的小圆点
正疲倦地扩散,破灭

母亲,快点,我们就要跟上。
翅膀快要用尽,水漫进喉咙。
桥正在变淡,稀薄
风在将风吹散。

结束语

在流逝中坚如磐石。

清晨,我往井里挑水
欲填满,细小却无限的干涸。

西衙口

河流（选）

1. 河流

在亚洲，有站着流淌的河流。
他脚下这开裂的胶泥，
远比两岸那卷曲的钢铁实在。
没有巫术，就不能叫他重新躺下。

有放弃回程的旅行，
有永不谋面的会见，
有没有内容的希望，
我能否把你放入眼睛，而不用哭出来。

2. 大平原

我在一颗豌豆中安享天年，
夏日辽阔澄明一片。
轻贱者身在草莽，
天空中熠耀的总是少数。
蛙鸣如雨，
流水绕道过来看我。
为了和我站在一起，
黄河进入一株燕麦。

3. 小蚂蚁

在深厚的华北平原上,
缺少一个洞穴,他坚持认为。

从大别山下来,他收割每一棵麦子,
到泰山还没有灰心,到燕山还没有灰心。

洞穴会长腿么?

那麦茬里的玉米已经长出了甲丫,青青的,
像一株株淮河。

4. 油菜花

能辜负的事物,都值得一再辜负,
我有充耳不闻的天赋。
这么多小女子,齐声唤我,
我的幸福六条腿,翅膀透明。
一朵花就是一座天堂,
不懂得挥霍的人就不知道阳光有多碎。

5. 濮城镇

旷野的桑叶,
比天空完整。
一颗水星千里迢迢,
飞来看我。
黄河打手一指,

她又回到了天上。

6. 蝴蝶

我以为天空不会碎,
我以为碎片会很大,
我以为琐屑不能飞,
我以为飞走的还能回来。

7. 狐狸

颜色,芳香,喘息。
离开大山,
我出脚踩了深浅。
平楚是,

开阔的智慧,尖锐的仇恨,
一条小路长出了第二茬耳朵。
想起和解,
我穿了一件最小的衣裳。

8. 爱人

松果并不为山风坠落
也不为鹧鸪
你是光
我不能把你做的更亮
但我有足够的阴影
加重你的细节
像老者相信他最后一颗牙齿

我如此坚定
有天你一时慌乱
抓起衣服盖在身上

9. 乌龙茶

远去的披肩,是江天永远的蓝。
出与藏,淡与浓,分与合,变与守
大山杀了青,又杀飘渺。
选择是必要的,错的是结果。
是掩饰就不是掩饰的东西。

10. 一个人占山为王

先把最难对付的两种放上悬崖:
让仇人一说话就听见心跳,
让朋友一沉默就感到危险。
管什么枪托,父母。
我剜开岩石,种植春光,
在白云的后宫里,青着眼,看她们出墙。

11. 芦苇

没有根须,也能站立,
没有泥土也能站立。

那一河沙沙的声音,
就是芦苇不能容忍的幸福。

有一刻我看见揪紧肌肤的荻花,

他用结实的苇膜,在风中站了一会儿。

40. 搁浅的心

她用眉梢假装一张脸,
她用305个花瓣模仿一朵桃花,
她经典,
她有蒹葭,和水中央的幻术。

她是我删定的,
她一个字也不跑。

41. 屈原

有江河的自由
而没有崖岸的自由
有山鬼的自由,
而没有国家的自由。
士的自由是操吴戈兮披犀甲,
民的自由是炊烟,草木清楚。
臣不是渔夫,
臣的自由是跳水,外加一块石头。

阿 含

上示(节选)

第一辑:人间

寂

把你如水的肌肤虚无吧,把你从行云万里里制造。
自由的故乡之歌是天才挺拔的矛戟。
谁的灵魂没有尘埃?谁还没有倒在神的血泊下?
内心闪烁如光明岁月。
你所陌生的就是你的苦难和前夕。
你驯服的野马又被存在的哲学改变。
更沉重的是——
"我不能说出我的永远。"
你的极限就是我的暴君不再爱这个世界。
这被抒情的星辰。
这被黑暗了的族谱。
这被舞蹈着的人类大梦。
谁的颤唱也不能唤醒这日渐流出体外的光。
静待是一种伤害,无声了的西风。
彼岸是幻觉中的毒。
你美丽未开的花朵。
悲剧是悲剧的一切。
你是生者也是死者的一切。
把你的勇敢你的沉醉都带到春天吧。
把祈祷放在今夜,萤火少女的手中。
你的凤凰是乌有的,金色的,忧郁的,恩赐的。

你不信仰任何主义,你相信任何一只白鸟。
找到那个爱提问的孩子送他青莲。
慈兽化为我们正在鸣鼓的大地和正在怀疑的命运。

信

你在写信的时候
黄昏正被悄然移开
人类正在路上
或者墓地里竖起尖牙
这并不悲观
并不是命运里该知晓的事情

你认识我这么多年了
你说哥哥啊哥哥
没有人爱的树林我也挺喜欢
没有人看的电影你陪我看吧

小夜曲

我想起的人很多
这个时候
我成了远方的一扇窗
你走来
站在窗台下
像一丛小灌木
天上的星星摇啊摇
在地上的影子静悄悄

小夜曲

有雾的夜晚
就没有人知道
我是你的月亮了
你穿上布裙子
喃喃自语
我能感到幸福的花瓣
在你的黑眼睛里
有着美丽的香气

小夜曲

世界真的好大
我已经很久
都没有你的消息了
可爱的春天
过了一个又一个
你安心地睡着
我从没有去过
一个叫泪水的地方

小夜曲

跟你道晚安是不合适的
送你玫瑰花是不合适的
想不停吻你的心思
总是让我愉快又悲哀
不管有没有人相信
我还是要说完那些往事
爱上你我就变成了一粒
最绝望的尘埃

舞

——梦观舞,声无生。

他们是天生的舞者。
屈服于自然的力量和原始的情欲。
暗月沉埋,利刃无光。
他们崇拜黑暗之神。
那不死的传说,那乌压压的鸟群。
他们崇拜光明之神。
如水留在腰窝。
如珠玉在绸缎上一咏三叹。
影子偏移,光不能表达。
想吞噬想挣脱想释放。
他们抱作一团如火焰将熄。
灰烬的气味在周围蔓延。
他们是无数个绝望的组合。
无数个美的结局,无数个我们。
一个舞者暴起。
意外地让我想起铁塔上的死者。
他坚硬的贝壳被风吹响。
仿佛那悲伤的脸就是世界的尽头。
他们把双手举过头顶静立不动。
期望降落的只是真实的声音。
哑言背后的秘密。
谁是众蛇之上的赤子?
谁又能在生的时间里得到宽恕呢?
光从每一个舞者的背上划过。
我们看到的他们不可知。

我们的存在只是他们舞台的延展。
我们是天生的欺世者。
心中的毒愈发的可怕了。
他们用古怪的不同的姿势俯身。
让我们闭上眼睛就看到了。
刺目的阳光穿过窗棂。
照在袍子上的油渍。
爬到桌子上的蚂蚁。
安静缓慢的音乐下无差别的杀害。
这苦难的悲悯。
为什么没有人回答?
我已经站在舞者们中间。
欲望深远又澎湃到让我迷失。
他们在我身上游走扎根。
痛啊,我的黑白之神。
我还是那清泉还是那颤动的火苗。
在神话里正爱着一个不可以爱的人。

大工业时代的迷幻剂

冰冷的乳房是冰冷的坏人
这样的理解并不足以证明世界是假的
足够多的沉幻
让鱼儿们都爬上田野
红润的果子响着金属的噪音
什么青春如此鲜艳
什么美的危险什么了不起的悲伤
让我如此爱你
就算阴天也吓不到心里的风景
森林里无尽的鸟鸣
没有移动的天空颜色单纯
不要关上窗子
不要敲起那面鼓
足够多的雷暴才能惊醒我
钢铁和蒸汽机、钻石和你的原型
什么了不起的悲伤让我如此爱你
在冰冷乌黑的时代做一个受诅咒的人

今生六道录

你所能逃避的都是幻象,极乐是不真实的。
无论蝼蚁,无论富贵。
此生的真情,此生的孽业,都在那里。
我若为地狱,因你而轮回。
是为善因,是为恶果,可为什么我会如此心痛?
纵然六道有别,天道也有沦落。
我追求爱恨的执念却并没有因此而改变。
化作虚妄也阻止不了的晨光在闪耀。
我愿为人,我愿为鬼。
在一粒微尘中,在诸多的神佛下。
见证不能与你厮守的时间已经不再是时间。
今世即是永世,你是我的罪恶也是我的光荣。
我在人道,我在六道。我在爱你。

雅　克

异己者雅克(节选)

第一编:异己者雅克
必要的与不必要的(组诗)

1. 人造齿轮

它们在啮合,磨损,向相反方向行走……

2. 现代都市豹

想要他们放我进去,我渴望笼子
自由是在笼中散步

3. 一个拉二胡的瞎子与一个抱小孩的歌手

拉二胡的瞎子坐在市场口的台阶上
二胡摇摇晃晃,断断续续
唱曲子的女人声音高高低低,断断续续
都像是伤口的叫喊

怀中的小孩看清了一切,但他还不会说话
冷风在冬天臃肿的人群中穿梭

4. 无端车祸

十字路口,生前冷眼相向的人
他们现在无比亲热地重叠
还有一百七十八辆汽车,嘴巴
与屁股相遇
死亡让他们重新做了选择。死亡
粘合了碎片:思想的、道德的
……肉体的碎片
曾经像是无足轻重的生命
已然离我们远去

5. 在车间里

他哭了,想起那个事故死亡的兄弟
恐惧让他感到温暖

6. 回答

让我说罢,让我能平静地述说
可为什么我总是感到愤怒
内心还一片绝望

7. 必要的与不必要的

沉默寡言是必要的
忧郁、孤独、愁伤是必要的
脸部的肌肉温驯地微笑也是必要的
害怕是不必要的

8. 梦中想起

他们,让我吞下白色金属粉末
我在天车上行走
机械的海洋风声怒吼,波涛汹涌
黑暗中那双手抚摸着我的
眼睛、耳朵、嘴巴、骨头和肉
黑暗中我的心因血液而亮红
我无声地叫喊:"救救我吧,救救
这个胆小怕事又一事无成的
渺小的人"

9. 事故

那条烧焦的腿
那声撕心裂肺的叫
睡眠不足的眼睛
在光线昏暗的车间里
相遇了
死者终于活在一种真正的无声中

10. 十一级车工第五妹的私生活

女人亮出她那黄油浸渍过的两颗草莓
和吸附了太多重金属尘粒的海绵组织
之后,快感中机械分崩离析

注:十一级:评定技术工人技术水平的等级之一,我厂最高为十级。

车　工:技术工种之一,利用车床加工各种机械零件。
第　五:姓氏
重金属:当人体重金属含量过多时会被致残、致死。

爱上一只猪的生活(组诗)(选)

11. 吼秦腔:铜雀台

少年迷恋各色脸谱、动作、声音
一样厌烦曹操喜爱关羽:刀起刀落,何其快哉!

30岁身陷唱词,亦时常想起这个建安诗人
他说:"……绕树三匝,何枝可依?"

如此这般,今回味,皆苦音绝心

12. 丁亥年十二月二十九日记

曾经夏天,辣子二元五角一斤;大雪封路时,涨至十二元;此前六天,九元
今天是捉鬼集。今天捉鬼。等至黄昏:"不挑不拣,十元一斤便宜你!"

此刻感觉有手伸入口袋。皆相视:无奈一笑
"也没几个钱,还不够买两斤辣子呢。"

那人低头匆匆走开。我无色,亦背他去,回家
活着:耻于抒情,耻于愤怒,耻于浅薄,耻于仇恨,耻于有病,耻于言不及义

图书在版编目(CIP)数据

狂想:国际华文诗歌奖获奖诗选.第二届/孙谦等著.
--上海:华东师范大学出版社,2016.11
ISBN 978-7-5675-5771-0

Ⅰ.①狂… Ⅱ.①孙… Ⅲ.①诗集—中国—当代
Ⅳ.①I227

中国版本图书馆 CIP 数据核字(2016)第 246179 号

华东师范大学出版社六点分社
企划人 倪为国

本书著作权、版式和装帧设计受世界版权公约和中华人民共和国著作权法保护

狂想——国际华文诗歌奖获奖诗选(第二届)

著　　者　孙　谦　等
策划编辑　王　焰
责任编辑　古　冈
封面设计　蒋　浩

出版发行　华东师范大学出版社
社　　址　上海市中山北路 3663 号　邮编　200062
网　　址　www.ecnupress.com.cn
电　　话　021-60821666　行政传真　021-62572105
客服电话　021-62865537
门市(邮购)电话　021-62869887
地　　址　上海市中山北路 3663 号华东师范大学校内先锋路口
网　　店　http://hdsdcbs.tmall.com

印 刷 者　上海盛隆印务有限公司
开　　本　889×1194　1/32
插　　页　1
印　　张　4.75
字　　数　117 千字
版　　次　2016 年 11 月第 1 版
印　　次　2016 年 11 月第 1 次
书　　号　ISBN 978-7-5675-5771-0/I·1598
定　　价　28.00 元

出 版 人　王　焰

(如发现本版图书有印订质量问题,请寄回本社客服中心调换或电话 021-62865537 联系)